Analyse de l'œuvre

Par Elise Vander Goten

Serge

Yasmina Reza

lePetitLittéraire.fr

Analyse de l'œuvre

Par Elise Vander Goten

Serge

Yasmina Reza

Rendez-vous sur lepetitlitteraire.fr et découvrez :

Plus de 1200 analyses
Claires et synthétiques
Téléchargeables en 30 secondes
À imprimer chez soi

SERGE

UNE CHRONIQUE FAMILIALE TRAGICOMIQUE

- **Genre :** roman
- **Édition de référence** : *Serge*, Paris, Flammarion, 2021, 143 p. [ebook]
- **1re édition :** 2021
- **Thématiques :** famille, fratrie, Shoah, Auschwitz, Pologne, judaïsme, enfance, mort, mémoire, cancer

Paru en janvier 2021, *Serge* est un roman dans lequel Yasmina Reza dresse le portrait d'une famille juive d'origine hongroise projetant de se rendre à Auschwitz pour rendre hommage à leurs ancêtres. À travers Jean, le narrateur, l'auteure décrit ainsi la mélancolie d'une fratrie arrivée à l'âge adulte, et aborde de manière singulière le devoir de mémoire en décrivant un camp de concentration comme un piège à touristes.

Elle écrit ce livre suite à la disparition des derniers survivants d'Auschwitz, mais aussi de celle de plusieurs de ses proches âgés et issus d'un monde qu'elle dit aujourd'hui disparu : celui de la vieille Europe centrale, jadis confrontée à la mort et à la guerre plus que de raison. L'ouvrage qui découle de ce constat oscille sans cesse entre le grotesque et le mélancolique, et constitue de ce fait une tragicomédie qui s'intègre parfaitement à l'œuvre de Yasmina Reza.

Outre les nombreuses pièces de théâtre dont elle est l'auteure, *Serge* est son quatrième roman et a été unanimement salué par les critiques du « Masque et la Plume », une émission radiophonique littéraire diffusée sur France Inter.

YASMINA REZA

AUTEURE FRANÇAISE

- **Née en 1959 à Paris**
- **Quelques-unes de ses œuvres :**
  - *« Art »* (1994), pièce de théâtre
  - *Le dieu du carnage* (2007), pièce de théâtre
  - *Babylone* (2016), roman

Yasmina Reza nait le 1er mai 1959 à Paris dans une famille juive immigrée en France. Sa mère est une violoniste hongroise ayant fui son pays peu avant la construction du mur de Berlin, tandis que son père est un ingénieur russo-iranien ayant quitté Moscou pour s'établir à Paris, avant d'être déporté pendant l'occupation nazie dans le camp de concentration de Drancy. Après avoir étudié le théâtre et la sociologie à l'université de Nanterre, elle signe sa première pièce, *Conversations après un enterrement*, qui d'emblée lui confère une certaine notoriété en France et aux États-Unis. C'est néanmoins le succès de sa seconde pièce, intitulée *« Art »* et parue en 1994, qui lance véritablement sa carrière de femme de lettres. Récompensée de deux Molières et représentée partout à travers le monde dans les théâtres les plus prestigieux, Yasmina Reza est propulsée au rang de dramaturge reconnue internationalement. Outre le domaine théâtral, l'auteure s'intéresse également au milieu politique, et décide en 2006 d'écrire un livre d'enquête sur Nicolas Sarkozy, qu'elle suit pendant toute la durée de sa campagne. Elle se tourne ensuite de nouveau vers le théâtre, et écrit notamment la pièce *Le dieu du carnage* adaptée au cinéma par Roman Polanski et récompensée d'un César en 2011. Elle est par ailleurs l'auteure de plusieurs romans, tels que *Babylone*, pour lequel elle obtient le prix Renaudot en 2016, et apparait à l'écran à plusieurs reprises en tant qu'actrice.

RÉSUMÉ

Jean, son frère Serge et sa sœur Anne, dite Nana, sont issus d'une famille juive non pratiquante et d'origine hongroise. Âgés de 60 ans, ils mènent chacun leur vie à Paris, si bien que les liens qu'ils avaient tissés durant leur enfance se sont inévitablement étiolés.

Nana, la cadette, travaille comme organisatrice de voyages pour les enfants défavorisés et a épousé Ramos Ochoa, un socialiste espagnol avec lequel elle a deux enfants : Margot, élève assidue en terminale, et Victor, étudiant dans une école de cuisine.

Jean, l'enfant du milieu, est devenu fonctionnaire et ne s'est jamais marié, mais entretient une relation ambigüe avec son ex, Marion. En dépit de leur séparation, il continue de lui apporter son soutien au quotidien en prenant soin de son fils Luc, un petit garçon retardé âgé de 7 ans auquel il s'est beaucoup attaché.

Quant à Serge, l'ainé, il enchaine les affaires douteuses, reprenant et revendant commerce après commerce sans jamais véritablement parvenir à se fixer. Marié à deux reprises, il vit à présent avec Valentina, une femme plus jeune que lui de quelques années, et Marzio, le fils de cette dernière, âgé lui aussi de 7 ans. Outre son rôle de beau-père, il est également le père d'une jeune fille de 25 ans nommée Joséphine qui gagne sa vie en tant que maquilleuse professionnelle et pour laquelle il souhaiterait acheter un petit appartement...

Si la vie a éloigné la fratrie, les funérailles de leur mère, décédée des suites d'un cancer, leur donnent malheureusement de l'occasion de se retrouver. Après la cérémonie, Joséphine émet l'idée d'un pèlerinage familial à Auschwitz, où a été déportée une partie de leur famille maternelle et où elle souhaiterait se recueillir. Si Nana se montre enthousiaste face à cette proposition, Jean et Serge sont dubitatifs. En dépit de leurs réticences, ils acceptent pourtant d'accompagner les deux femmes, mais laissent Nana se charger des préparatifs.

Entretemps, Serge part en vacances avec Valentina en Suisse, où ils dinent dans un restaurant étoilé. Leur repas terminé, il demande à parler au chef et lui vante les mérites de Victor, afin qu'il puisse réaliser un stage au sein de sa cuisine l'été suivant. Fier comme un paon d'avoir accompli sa BA de la journée, il presse ensuite son neveu d'envoyer une candidature par mail en bonne et due forme, mais le cuisinier tarde à répondre.

Serge a toutefois d'autres préoccupations en tête, puisque Valentina découvre peu après leur retour à Paris qu'il entretient une liaison avec l'agente immobilière qu'elle lui a présentée pour l'aider à trouver un logement à Joséphine. Sans attendre, la belle Italienne rompt avec Serge, qui n'a d'autre choix que de s'installer quelques jours chez Jean, puis dans un studio prêté par son collaborateur du moment.

L'homme traverse donc une période difficile lorsque vient l'heure de leur départ pour la Pologne. Arrivé à destination, il adopte une attitude très négative, refusant à peu près tout ce qui lui est proposé. De la nourriture aux visites, il ne cesse de se plaindre, au grand dam de Joséphine qui s'échine à se rapprocher de lui.

Alors qu'il traine les pieds à Auschwitz, il consulte sa boite mail et constate qu'il a été mis en copie d'un mail adressé à Victor provenant du chef cuisinier, qui lui propose un stage de deux semaines dans sa cuisine. Aussitôt, Serge appelle Victor pour s'assurer qu'il a bien reçu le message, mais est stupéfait d'apprendre que son neveu a d'autres projets. Jeune diplômé, il compte en effet ouvrir son propre fast-food, ce qui plonge son oncle dans une rage folle. Nana salue quant à elle l'esprit d'initiative de son fils, mais Serge refuse d'entendre ses arguments. À l'issue de leur dispute, ils cessent de s'adresser la parole, si bien que le chemin du retour se fait dans une ambiance glaciale.

Rentrés à Paris, ils campent l'un comme l'autre sur leurs positions, chacun refusant de faire un pas vers l'autre. Jean essaie tant bien que mal de faire tampon entre eux, et Ramos tente même de réamorcer le dialogue par son intermédiaire, mais sa tentative est vaine. Nana et Serge semblent déterminés à ne plus avoir aucun contact.

Alors que les tensions familiales sont à leur comble, une autre mauvaise nouvelle tombe : Maurice, leur oncle paternel, est décédé à l'âge de 99 ans. Émus, Jean et Serge se rendent le lendemain chez le défunt afin de lui faire leurs adieux et de présenter leurs condoléances à sa veuve Paulette. À la fin de la veillée, celle-ci révèle à Jean avoir glissé des antidépresseurs dans le yaourt de son mari pour que cessent ses idées noires. Voyant son corps le trahir, Maurice avait effectivement exprimé le souhait d'être euthanasié, mais semblait depuis quelques mois s'être résigné à sa condition d'infirme et n'avait plus abordé le sujet. Apprenant quelle trahison cache ce revirement de comportement, Jean n'est ni plus ni moins bouleversé. Serge, quant à lui, se sent coupable de ne pas avoir rendu une seule fois visite à son oncle au cours de l'année écoulée.

Une perspective plus réjouissante se profile néanmoins à l'horizon : celle de l'anniversaire de Marzio, auquel Valentina l'a invité. Déplorant que Luc n'ait pas d'amis de son âge, Jean propose que lui et le fils de Marion l'y accompagnent, cependant le courant ne passe pas entre les deux enfants. Et lorsque Luc casse accidentellement la grue que les deux frères ont offerte à Marzio, Serge prend la mouche. En définitive, Jean préfère quitter la fête et emmène Luc voir des maquettes de villes fortifiées aux Invalides avant de le ramener chez sa mère.

Tous trois passent alors de plus en plus de temps ensemble, si bien que Jean se pose beaucoup de questions sur l'avenir de leur relation et envisage peu à peu la possibilité de se poser. Un jour où ils se promènent au parc, Marion lui fait part de son désir de le voir prendre plus de place dans sa vie, mais paralysé par la peur, Jean réagit à peine et reste en retrait.

Quand il revoit son frère quelques jours plus tard, celui-ci lui annonce avoir des ennuis de santé. Outre une dilatation de l'aorte, il se pourrait qu'il souffre d'un cancer des poumons. Quand Jean fait part de la nouvelle à Nana, elle met sa fierté de côté et accepte de revoir leur frère ainé. Réconciliés, tous trois se rendent donc à l'hôpital, où Serge a rendez-vous pour faire un PET-scan. Un examen qui, il le sait, sera décisif pour son avenir... s'il en a un.

met sa fierté de côté et accepte de revoir leur frère ainé. Réconciliés, tous trois se rendent donc à l'hôpital, où Serge a rendez-vous pour faire un PET-scan. Un examen qui, il le sait, sera décisif pour son avenir... s'il en a un.

PERSONNAGES

JEAN POPPER

Jean est l'enfant du milieu, le plus discret et le plus calme de la fratrie. À 12 ans, il voue une admiration sans bornes à son grand frère Serge, qu'il prend pour modèle, tandis que son père, d'un naturel irascible, maintient entre eux une certaine distance.

En dépit des accès de colère de ce dernier, il éprouve une fois parvenu à l'âge adulte une grande nostalgie vis-à-vis de cette période de sa vie. Mélancolique, sa dévotion pour Serge a toutefois disparu avec le temps, cédant la place à l'inquiétude. Pour autant, leur complicité n'a pas disparu, Ramos faisant souvent les frais de leurs blagues potaches. Face aux inévitables conflits qui ne manquent pas dès lors d'opposer Serge et Nana, Jean se montre le plus conciliant des trois. Faisant malgré lui tampon entre son frère et sa sœur, il abonde toujours dans leur sens, mais évite de leur livrer le fond véritable de sa pensée.

Il peine également à exprimer ses sentiments lorsqu'il s'agit de Marion, son ex-compagne avec laquelle il est resté en contact pour continuer de s'occuper de son fils Luc, un enfant différent qu'il aime profondément. Il songe parfois qu'il devrait sauter le pas et mener aux côtés de cette femme une vie plus conventionnelle et conforme à ce qui est attendu de lui, mais n'est jamais parvenu à s'engager dans une relation sérieuse. Alors que la soixantaine approche, il demeure ainsi l'éternel célibataire de la famille Popper.

SERGE POPPER

Serge est un adolescent de 14 ans boutonneux feignant d'être un tombeur né, quand il n'a en réalité aucun succès avec les filles. Passionné de musique, il joue de la guitare, arbore différents looks inspirés de ses rocks stars préférées et travaille dans un magasin de disques, intrigant avec son frère et son meilleur ami pour y dérober les dernières nouveautés. Lorsque son père s'interroge sur l'étendue de sa collection, il ment effrontément et reçoit, comme souvent lorsqu'il fait preuve d'impertinence, une gifle monumentale. Les relations entre Edgar Popper et son fils, en effet, sont très tendues et il n'est pas rare que des éclats de voix fassent trembler les murs de la maison...

Sa crise d'adolescence passée, le caractère rebelle de Serge ne faiblit pas. Incapable de se fixer, il enchaine les conquêtes et les affaires douteuses. Lui dont les filles se moquaient au lycée est à présent devenu un noceur et un flambeur invétéré, qui, bien que marié à deux reprises, s'avère incapable de respecter le vœu de fidélité.

Lorsqu'il rencontre Valentina, sa famille y voit un signe d'apaisement et espère de tout cœur qu'il ne sabotera pas cette relation comme les précédentes, cependant la belle Italienne ne parvient pas à l'apprivoiser. Fidèle à lui-même, il finit par la tromper. Un comportement que sa sœur, Nana, traduit comme une forte tendance à l'autodestruction.

Si celle-ci cherche dans un premier temps à lui venir en aide, elle déchante vite face au comportement égocentrique et immature de son frère. De fait, Serge peine à se mettre à la place des autres, ne fait preuve de générosité que si cela lui permet ensuite de se mettre en avant, et agit avec cruauté lorsqu'il se moque de sa fille Joséphine et de son beau-frère Ramos Ochoa.

ANNE POPPER

Anne, dite Nana, est la cadette des enfants Popper et en tant que telle, est considérée comme la petite princesse de la famille. Devenue une magnifique jeune fille, elle court les raouts juifs, où elle fréquente des garçons de son âge. Son frère Serge la charrie d'ailleurs à ce sujet en répétant *she's looking for a dentist*, tandis que son père se réjouit à l'idée qu'elle se dégote un mari riche. Il est d'autant plus déçu lorsqu'en définitive Nana se retire de ce milieu et lui présente Ramos Ochoa, un gauchiste espagnol sans le sou portant des bracelets aux poignets et un bandana sur la tête.

La contrariété de son père n'a d'égal que le soutien de ses frères, applaudissant des deux mains ce nouvel esprit de rébellion. Cette relation n'a pourtant pas pour but de s'opposer à la volonté d'Edgar Popper, aussi Nana décide-t-elle lorsque celui-ci tombe malade de prendre ses distances avec Ramos (du moins en apparence). Finalement, elle et lui ne se marient qu'après que son père ait succombé des suites de son cancer. Voyant que Ramos peine à conserver un emploi plus de quelques mois, Serge et Jean changent alors de cap, et bien vite leur beau-frère devient la cible de leurs plaisanteries.

Pourtant, en dépit des critiques auxquelles son couple fait face, Nana fait preuve d'une indéfectible loyauté envers son mari, dont elle est sincèrement amoureuse. Elle a avec lui deux enfants, Victor et Margaux, dont elle est particulièrement fière et qu'elle soutient dans tous leurs projets. Elle tire également une grande satisfaction de son travail d'organisatrice de voyages pour enfants défavorisés, grâce auquel elle a développé sur le tard une conscience sociale. Animée d'une grande bonté d'âme, elle a à cœur de maintenir uni le restant de sa famille après la mort de sa mère et est celle qui s'inquiète le plus pour Serge, qui parait perdre pied après que Valentina l'ait quitté.

JOSÉPHINE POPPER

Joséphine est la fille de Serge. À l'âge de 25 ans, elle est *make-up artist*, c'est-à-dire qu'elle travaille essentiellement sur des plateaux de télévision. Un choix que désapprouve Serge, bien qu'il ait payé sa formation de maquillage.

Son métier, toutefois, ne représente qu'un des nombreux points sur lesquels ils sont en désaccord. Leur différence apparait d'autant plus flagrante lorsque Serge décide d'offrir un appartement à sa fille, mais s'entête à visiter des biens qui ne correspondent absolument pas aux critères de cette dernière. Car alors que Joséphine rêve d'une vie dans un quartier animé au centre de Paris, Serge recherche avant tout un endroit calme et en retrait...

Malgré leurs différends, Joséphine, qui est en pleine crise identitaire, souhaite pourtant se rapprocher de son père. C'est pourquoi elle propose à celui-ci de l'accompagner à Auschwitz, où elle espère renouer avec ses origines.

CLÉS DE LECTURE

L'HUMOUR NOIR ET L'HUMOUR JUIF

L'écriture de Yasmina Reza est caractérisée par le contraste entre un sujet dramatique on ne peut plus sérieux, et la manière dont il est abordé, sur un ton léger, voire désopilant.

En effet, les thématiques abordées dans *Serge* sont graves, puisqu'il est à la fois question de la tragédie historique de l'holocauste et d'un drame familial, pourtant l'humour est particulièrement présent dans ce roman. À plusieurs reprises, Yasmina Reza joue sur les mots, en détournant des expressions françaises bien connues pour en modifier la signification. Anne-Marie Paillet, chercheuse en linguistique spécialisée, a relevé plusieurs passages illustrant ce procédé :

> *On prend un dernier verre au bar. Je veux dire plusieurs derniers. (p. 90)*

> *Les Popper étaient des juifs viennois de classe moyenne qui avaient un demi-pied dans les milieux avant-gardistes, et l'autre (également demi) dans la synagogue. (p. 20)*

> *Notre mère n'a plus dit un mot. Jamais. (p. 6)*

Ce dernier exemple relève de l'humour noir, une catégorie d'humour bien spécifique évoquant de manière détachée des sujets sensibles et tabous tels que la mort en recourant à l'ironie et au sarcasme. Également très fréquent dans ce livre, il est employé par l'auteure pour dédramatiser une situation autant que pour émouvoir le lecteur en faisant ressortir le pathos d'un moment ou d'un souvenir douloureux. Dès les premières pages, on assiste à une manifestation du genre, lorsque la mère agonisante, souhaitant regarder la télévision, ouvre la bouche pour prononcer son dernier mot : « LCI » (p. 4). Là où on attend qu'un personnage formule avant de mourir des paroles éloquentes et profondes, elle se contente d'un mot banal, si bien que ce moment déchirant est totalement démystifié. La mort, ainsi, apparait comme un élément quotidien, tragique, mais ordinaire, tandis qu'est mis en évidence le caractère absurde de la vie.

L'humour noir est également caractérisé par un ton qui peut s'avérer très cru, en témoigne la remarque que Joséphine fait à l'enterrement de sa grand-mère : « Ça me parait dingue qu'une juive se fasse incinérer. [...] L'idée d'être cramée avec ce que sa famille a vécu, c'est dingue » (p. 10). De même, Serge traduit librement la citation polonaise signifiant « ville fleurie » située à l'entrée d'Auschwitz par « Le juif est un bon engrais » (p. 53).

On trouve dans ce roman de nombreuses autres plaisanteries de cet acabit, qui seraient considérées comme antisémites si Yasmina Reza et ses personnages n'étaient pas eux-mêmes juifs, notamment :

- *Ils vont nous rembourser, a dit Serge.*
- *Penses-tu ! Imbécile ! Les juifs ne remboursent pas !* (p. 22).

L'humour noir, ainsi, apparait comme l'une des composantes essentielles de *Serge*, roman oscillant sans cesse entre le grotesque et le tragique, où il est employé pour désacraliser le sacrosaint devoir de mémoire, que Yasmina Reza juge inutile...

<u>Les registres de langues</u>

De nombreuses notes d'humour dans ce roman reposent sur le passage d'un registre de langue à un autre. Tandis que cet ouvrage est en grande partie rédigé dans un langage familier, comportant des termes et des expressions vulgaires tels que « torgnoles », « choré » ou « crever », certains passages isolés sont en effet écrits dans un langage soutenu, plus littéraire et plus poétique, mais teinté d'ironie.

UNE VISION PARTICULIÈRE DU DEVOIR DE MÉMOIRE

Comme dit plus haut, *Serge* est un roman présentant une vision particulière du devoir de mémoire, le narrateur allant jusqu'à remettre en question son utilité. Cette idée qu'il existe une obligation de se souvenir des victimes collatérales d'évènements historiques dramatiques est pourtant bien répandue depuis les années 1990 et donne chaque année lieu à d'innombrables commémorations visant à ce que les Hommes ne répètent pas leurs erreurs. C'est donc un point de vue allant à contrecourant de l'opinion générale qu'exprime Yasmina Reza, lorsqu'elle affirme qu'elle ne croit pas que le genre humain soit en mesure de s'amender, peu importe ce que les générations précédentes ont pu subir :

> *Souviens-toi. Mais pourquoi ? Pour ne pas le refaire ? Mais tu le referas. Un savoir qui n'est pas intimement relié à soi est vain. Il n'y a rien à attendre de la mémoire. Ce fétichisme de la mémoire est un simulacre.* (p. 67)

Le séjour des Popper en Pologne illustre assez bien l'hypocrisie de cette injonction au souvenir, rendue factice dès lors que les derniers survivants d'Auschwitz sont décédés. Ce qui devait au départ être un pèlerinage, avec une dimension presque initiatique, vire en effet rapidement au ridicule, quand le camp de concentration est représenté par l'auteure comme un parc d'attractions, un site touristique parmi d'autres envahi par des vacanciers armés d'appareils photo. À ce propos, Jean dit d'ailleurs « éprouver la même déception que devant un tableau préféré dans les livres » (p. 60), puis « Demain il n'y aura ni froid ni boue ni hiver. Je le regrette comme n'importe quel touriste regrette de ne pas effectuer sa visite dans les conditions optimales » (p. 58).

Pleines de bons sentiments, Joséphine et Nana s'efforcent quant à elles d'en apprendre le plus possible sur l'histoire des lieux, mais leur enthousiasme sonne faux. Elles ne cessent de plus de répéter que « c'est terrible », « c'est indicible » (p. 60), comme si elles-mêmes s'efforçaient d'en prendre conscience, mais ne parvenaient pas à se sentir concernées par les atrocités commises en ces lieux.

Serge, pour sa part, refuse de jouer la comédie du politiquement correct. Mal à l'aise, il se sent oppressé par la foule et agacé par l'attitude enjouée de sa fille.

En somme, les Popper « ratent » donc leur visite à Auschwitz. Plutôt que de s'appesantir sur les terribles évènements qui s'y sont déroulés, le narrateur insiste sur les détails pratiques liés à l'organisation du voyage, la réservation d'un hôtel « à deux pas du camp » (p. 35) ou la recherche d'un restaurant par exemple, si bien que l'aspect touristique est davantage mis en avant que la dimension initiatique de ce voyage. Quant à Joséphine, son attitude est en définitive celle d'une touriste ordinaire, en témoigne sa manie de photographier absolument tout et sa recherche d'authenticité (« Je suis déçue par l'exposition hongroise. [...] Vous savez que les barbelés sont faux ? » [p. 68]).

<u>L'énallage personnelle</u>

L'allusion parodique au « souviens-toi » présente dans *Serge* constitue une énallage, figure de style consistant à substituer une forme grammaticale par une autre. Ici, l'énallage est dite personnelle, car c'est la personne qui change, quand Reza passe du « je » du narrateur au « tu ».

Cette même figure est employée plus loin dans le récit, quand Jean commence brusquement à parler de lui à la troisième personne, en tant que « Tonton Jean » (p. 125).

Dans un cas comme dans l'autre, l'énallage agit comme une ellipse, c'est-à-dire qu'elle vise, par l'omission volontaire de certains éléments, à créer une image originale et frappante qui interpellera le lecteur.

UN FIL CONDUCTEUR : LE DÉSAJUSTEMENT

À travers les personnages de Jean et de sa famille, Yasmina Reza aborde la thématique du décalage, qui se présente dans *Serge* sous plusieurs formes. Il est tout d'abord question du décalage générationnel, opposant la nouvelle génération, représentée par Joséphine, à l'ancienne, représentée par Serge. En effet, les difficultés que le père éprouve à trouver un appartement qui soit à la fois adapté à ses critères et à ceux de sa fille le montrent bien : l'âge modifie considérablement les attentes et les habitudes d'une personne. Ainsi, les efforts de l'un et de l'autre pour se rapprocher sont vains, dès lors que plusieurs décennies les séparent.

Ce décalage universel, dans lequel tout un chacun peut se reconnaitre, s'accompagne d'un autre type de décalage plus spécifique, mettant en évidence l'écart entre l'héritage juif des Popper et leur quotidien en tant que non-pratiquants. Jean, Serge et Nana ne se sont effectivement jamais véritablement questionnés sur leur histoire familiale avant que Joséphine ne s'y intéresse. Leur mère, dont la famille avait été déportée, n'abordait jamais le sujet, et lorsque leur père parlait d'Israël, aucun de ses enfants n'y prêtait attention, tandis que sa femme affirmait : « Qu'est-ce qu'on a besoin d'Israël ? Regarde tous les problèmes que ça crée » (p. 40). Edgar Popper, alors, s'emportait, de sorte que la scène prenait des allures grotesques, en décalage total avec la gravité du sujet :

Il disait, n'écoutez pas votre mère, c'est une antisémite.

- *Elle est juive, osait-on remarquer.*
- *Ce sont les pires ! Les pires antisémites sont les juifs.*
  (p. 40)

Jean rapporte ces querelles sur le mode du second degré, affirmant qu'elles étaient « le meilleur moyen de remettre un peu d'ambiance » (p. 39). Lorsque lui, Serge et Nana franchissent le portail du camp de concentration d'Auschwitz où ont péri les leurs, ils peinent par conséquent à se sentir concernés, car ils ne se sentent pas véritablement juifs.

D'après Anne-Marie Maillet, ce décalage est traduit de manière symbolique par l'auteure par un désajustement de leurs tenues tout au long du roman.

Dès la première scène, Jean est par exemple contraint de se faire prêter un maillot de bain trop étroit pour aller à la piscine, car celui qu'il a emporté n'est pas conforme au règlement. De même, Joséphine est « engoncée » (p. 38) dans un « justaucorps inadapté » (p. 38) lors de ses spectacles de danse, Edgar Popper flotte dans la chemise qu'il a revêtue pour faire bonne impression à son médecin

(p. 73), Nana est « habillée en fausse jeune » (p. 51) alors qu'ils visitent Birkenau et Joséphine porte des faux cils le jour de leur visite d'Auschwitz. Enfin, les manteaux des anciens déportés sont qualifiés de « démesurés » (p. 81).

LES THÉMATIQUES DU TEMPS ET DE LA MORT

Outre le devoir de mémoire, *Serge* de Yasmina Reza traite également de la mort et du temps qui passe, des thématiques récurrentes dans l'œuvre de l'auteure.

La fratrie des Popper, effectivement, est vieillissante, et le poids des années se fait d'autant plus prégnant que leurs deux parents sont désormais morts et enterrés. La disparition de la mère, en particulier, a provoqué chez Jean un profond sentiment de mélancolie vis-à-vis de son enfance, qui se trouve exacerbé à l'approche de la soixantaine. À l'occasion de leur voyage en Pologne, il réalise en outre que Nana, qui jadis était une magnifique jeune fille, est en passe de devenir une vieille femme. Plus que les chambres à gaz d'Auschwitz et les rails de Birkenau, c'est d'ailleurs cette image de sa sœur au dos vouté et à la silhouette ramollie qu'il retiendra de leur pèlerinage.

Il est en outre confronté une nouvelle fois au caractère éphémère de la vie à leur retour, quand le cousin Maurice rend son dernier souffle après des mois d'agonie, puis quelques semaines plus tard, lorsque Serge apprend qu'il est atteint comme l'ont été son père et sa mère d'un cancer, et que ses jours pourraient bien être comptés.

Interrogée au sujet de l'omniprésence de la mort dans ce roman, Yasmina Reza a établi un lien entre *Serge* et *Conversations après un enterrement*, sa première pièce de théâtre, qui, comme le titre l'indique, met en scène une réunion de famille impromptue survenue suite à des funérailles. Réunis en ces circonstances tragiques, les trois enfants du défunt (deux frères et une sœur), l'ex-compagne de l'un d'eux, leur oncle ainsi que la femme de ce dernier partagent ensemble un repas et une conversation à cœur ouvert. L'émotion faisant ressortir les tensions familiales, ils échangent lors de ce huis clos des répliques souvent cinglantes, qui donnent une dimension comique au texte en dépit de son sujet tragique.

Un cas de figure qui n'est pas sans rappeler le repas de famille des Popper, après l'enterrement de leur mère. Installés à la terrasse d'un café, les proches de la défunte partagent un moment dont on s'attendrait à ce qu'il soit émouvant, mais assez vite, la conversation dérape. Serge et Joséphine se prennent le bec sur la prononciation d'Auschwitz, et en définitive la jeune fille part en trombe. Ainsi, cet instant qui devait être solennel vire à l'absurde. Le décalage et le comique de situation sont de surcroit renforcés par l'intervention finale de Ramos, qui conclut la scène en posant une question à Serge sur sa voiture.

Dans ces deux œuvres, Yasmina utilise donc l'écriture pour dédramatiser un sujet qui est pourtant le sujet dramatique par excellence : la mort. Le sérieux, de ce fait, n'est jamais absolu, puisqu'il coexiste avec le cocasse, le grotesque et l'absurdité du quotidien, de la même façon que la mort coexiste avec la vie.

UNE ÉCRITURE THÉÂTRALE

Yasmina Reza étant avant tout dramaturge, ses romans sont caractérisés par une écriture qui doit beaucoup au genre théâtral.

Serge, qui ne fait pas exception à la règle, comporte ainsi de nombreux dialogues, qu'on peut aisément imaginer joués, et qui sont autant de passages lors desquels le narrateur a tendance à s'effacer.

L'auteure a de plus fréquemment recours au discours direct libre, qui consiste à rapporter les paroles d'autrui telles qu'il les aurait prononcées sans marquer le changement d'énonciateur par des signes de ponctuation (guillemets ou tirets dialogaux), si bien qu'il peut être difficile de distinguer l'énoncé cité et l'énoncé citant. Par exemple :

> *Ramos a dit de sa voix caverneuse, elle pollue un max non ? (p. 11)*

> *Notre mère surgissait alors pour sermonner Serge, tu as vu dans quel état tu as mis papa ? Va faire la paix. (p. 17)*

En privilégiant ce type de discours rapporté au discours indirect, consistant à rapporter de manière indirecte des paroles au moyen d'un verbe introducteur (dire, prétendre, affirmer, etc.), l'auteure donne ainsi l'impression que le personnage s'exprime par lui-même, sans intermédiaire, et confère au récit un aspect plus spontané et plus vivant.

La structure de *Serge*, enfin, rappelle celle d'une pièce, puisque le livre est subdivisé en courts chapitres, équivalents à des scènes, lors desquelles n'intervient qu'un nombre réduit de personnages.

Plus généralement, la professeure Hélène Jaccomard souligne d'ailleurs que dans ses romans comme dans ses pièces, Yasmina Reza a « une prédilection pour les quatuors ». Un quatuor qui, dans le cas qui nous occupe, est formé par Jean, Serge, Nana et Joséphine, rassemblés à l'occasion de leur voyage en Pologne.

PISTES DE RÉFLEXION

QUELQUES QUESTIONS
POUR APPROFONDIR SA RÉFLEXION...

- En quoi l'histoire familiale de Yasmina Reza rejoint-elle celle des Popper ?

- À titre personnel, que pensez-vous du devoir de mémoire ? Comprenez-vous les arguments de Yasmina Reza ? Expliquez votre position.

- Identifiez dans le texte un passage humoristique écrit dans un registre de langue élevé. En quoi illustre-t-il l'oscillation typiquement rézienne entre le tragique et le comique ?

- Peut-on rire de tout, y compris de la Shoah ? Quelles règles doivent-elles d'après vous être respectées en matière d'humour ?

- Comparez *Serge* avec *Nulle Part*, également écrit par Yasmina Reza. Quelles thématiques reviennent dans les deux romans et comment sont-elles abordées ?

- Comparez le personnage de Serge au narrateur de *Désolation*. Quels traits de caractère partagent-ils ? Quelles problématiques communes rencontrent-ils ?

- L'un des fils conducteurs de ce roman est le décalage et le désajustement. En quoi le personnage de Luc est-il, à l'instar des autres personnages, « décalé » ?

- La décision de Paulette de faire prendre à son insu des antidépresseurs à Maurice pour éviter qu'il ne se fasse euthanasier est-elle défendable ? Justifiez.

- Lorsque Jean essaie de réconcilier Serge et Nana, tous deux affirment : « Ce ne serait pas mon frère (ou ma sœur) je n'aurais aucune raison de le voir ». À votre avis, les liens du sang justifient-ils à eux seuls le pardon ?

POUR ALLER PLUS LOIN

ÉDITION DE RÉFÉRENCE

- REZA Y., *Serge*, Paris, Flammarion, 2021. [ebook]

ÉTUDES DE RÉFÉRENCE

- JACCOMARD H., « Drôle de drame : la volonté de symbiose entre théâtre et romans chez Yasmina Reza », in *Essays in French Literature and Culture*, Vol. 50, 2013 : pp. 123-139.

- MONTSERRAT SERRANO M., « Conversations après un enterrement : l'exquise obscénité de Yasmina Reza et sa "stratégie des poireaux" » in *Studi Francesi*, Vol. 170, 2013 : pp. 416-423.

- PAILLET A., « Écrire "à contretemps et à plat" – *Serge* de Yasmina Reza », in *Fabula/Les colloques*, Lectures sur le fil, 2021. URL : http://www.fabula.org/lodel/colloques/index.php?id=7335, page consultée le 07 janvier 2022.

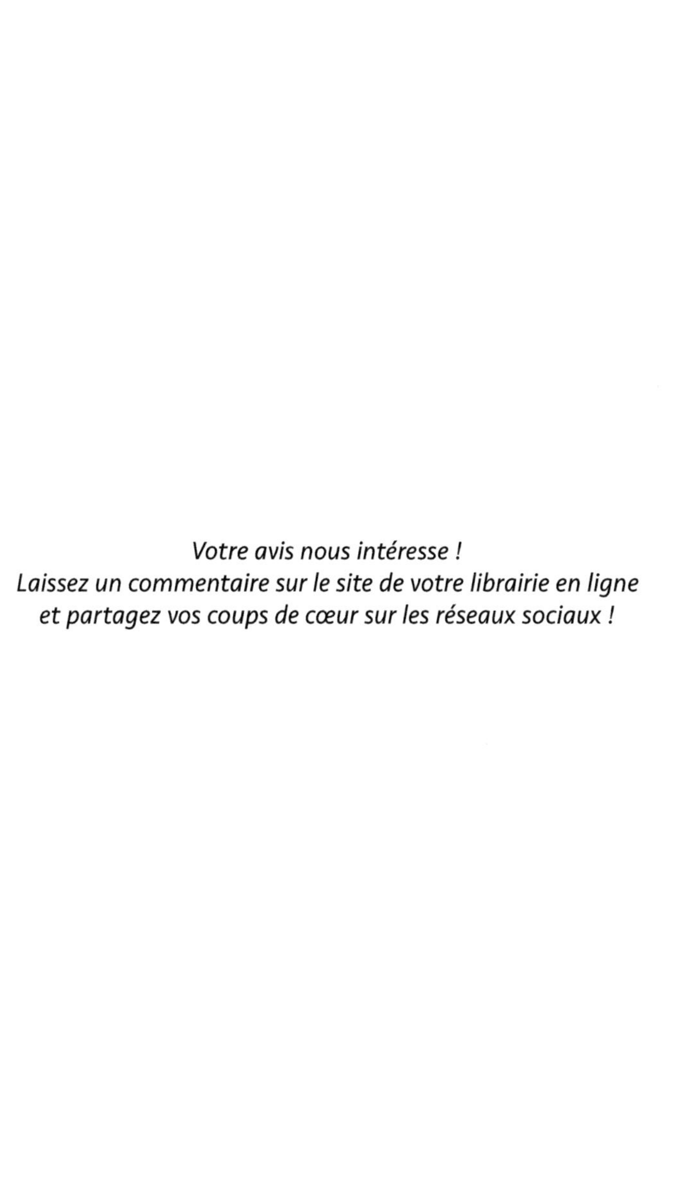

Votre avis nous intéresse !
Laissez un commentaire sur le site de votre librairie en ligne
et partagez vos coups de cœur sur les réseaux sociaux !

lePetitLittéraire.fr

- un résumé complet de l'intrigue ;
- une étude des personnages principaux ;
- une analyse des thématiques principales ;
- une dizaine de pistes de réflexion.

**Retrouvez
notre offre complète sur
lePetitLittéraire.fr**

www.lepetitlitteraire.fr

ISBN version numérique : 9782808027212
ISBN version papier : 9782808027229
Dépôt légal : D/2021/12603/201

Conception numérique : Primento,
le partenaire numérique des éditeurs.